杨力虹老师为成长中的你特别定制

关系和解智慧书

杨力虹 著

华夏出版社
HUAXIA PUBLISHING HOUSE

图书在版编目（CIP）数据

关系和解智慧书 / 杨力虹著 . -- 北京 ： 华夏出版
社有限公司，2025. -- ISBN 978-7-5222-0822-0

Ⅰ . I267

中国国家版本馆 CIP 数据核字第 2024V0U404 号

关系和解智慧书

作　　者	杨力虹	
责任编辑	王秋实	
责任印制	刘　洋	
出版发行	华夏出版社有限公司	
经　　销	新华书店	
印　　刷	三河市万龙印装有限公司	
装　　订	三河市万龙印装有限公司	
版　　次	2025 年 1 月北京第 1 版　2025 年 1 月北京第 1 次印刷	
开　　本	880×1230　1/32 开	
印　　张	7	
字　　数	10 千字	
定　　价	66.00 元	

华夏出版社有限公司

网址：www.hxph.com.cn 地址：北京市东直门外香河园北里 4 号 邮编：100028
若发现本版图书有印装质量问题，请与我社营销中心联系调换。电话：（010）64663331（转）

安心正念　成长心迹
笔记本

每页有杨力虹老师原创的洞见慧语+原创的即兴画作，

读者可随意翻取，

可做笔记、自由绘画、自由书写、抽卡……

使用方法充满无限可能性，

就像你的人生一样。

杨力虹老师为成长中的你特别定制

如如不动

看云卷云舒

听惊涛骇浪

品世间滋味

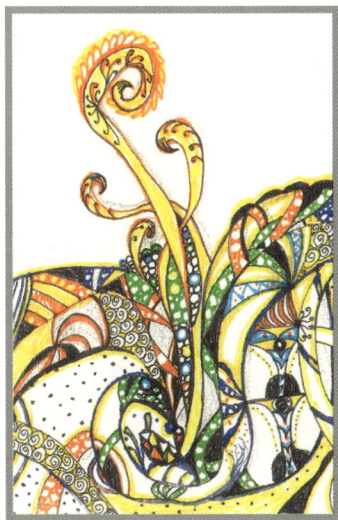

慈悲是

本质的

无条件之爱

关系里的爱是有条件的

是反应

是情绪

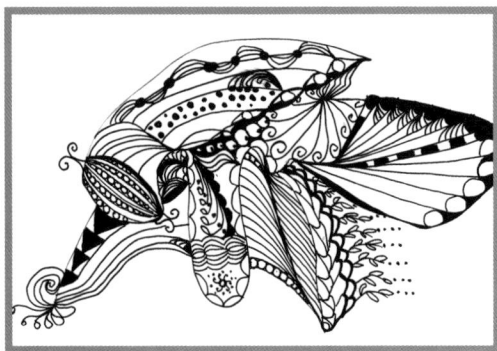

孽缘是内在孩童的针锋相对

善缘是成熟智者的相互成就

以"爱"为饵

收获的只会是掌控与逃离

以慈悲为怀

连接的总是感同身受的"懂得"

占有欲之下

潜伏着不动声色的控制

和平共处时

流动的都是你情我愿的情愫

老"好"人常付出身心分裂的代价

做一个真实的普通人却能自得其乐

没有什么比真实更有力量

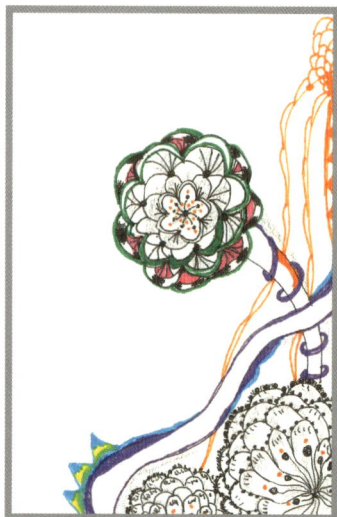

记住他们吧

那些无缘到来的孩子们

他们在母亲的身体里就已经走完了短暂的一生

他们有资格在我们心里占有一席之地

是的，他们也同属于这里

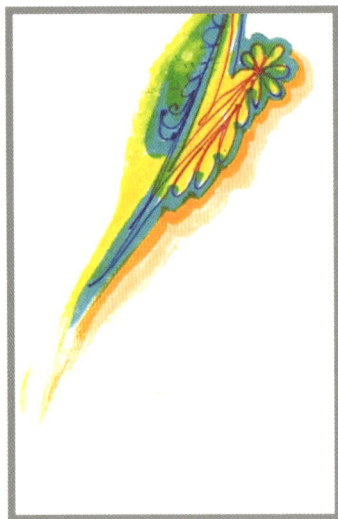

生生不息呀　连绵不绝

战争　饥荒　动荡

都不能阻挡祖先的移动

由父母那里

我们接过生命这份大礼包

然后

移动

成为自己　成为爱

然后

传递

生生不息呀　连绵不绝

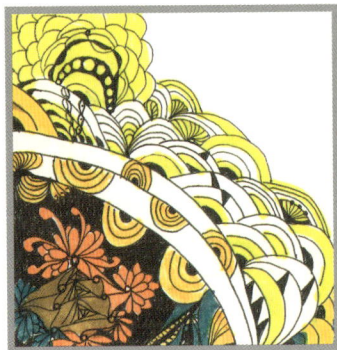

分开　已是过去

感恩　曾经出现在我生命里的你

经由你　我才看见真实的自己

我才懂得那些未曾表达过的渴望与需要

因为你的离开　我才有了今天的位置

谢谢

在更大的道里

我们都是生命的过客

你来过　我正在

我离开　他来了

奔流不息啊

因缘和合

对不起　把你锁在地下室太久了

我怕你出来会让人鄙视　惹人生气

那都是我的懦弱与自卑

我现在真正看见你了

我爱你

我接受你本来的样子

我们合二为一

永不分离

外境越是喧嚣不安

内心越是宁静清凉

安心正念　即是当下

对你的误解延续太久了

从曾外婆、外婆、妈妈那里

她们都不喜欢你

她们害怕被当成机械化的性工具

她们害怕无休止的生育之痛

她们拒绝你

现在

我用全新的眼睛看你

我看见你在亲密里的欢愉缠绵

也看见你蓬勃倔强

更看见繁衍生息里　你是最大功臣

是的　我现在正视你

以你本来的样子

我接受你

是我与生俱来的本能妙力

母亲　紧箍的"爱"

缠绕的掌控

压垮　孩子的身板

阻挡　孩子看向父亲的眼睛

现在　剪断心理脐带

以孩子自己的眼睛

看向　父亲

看见　真实的父亲

不过也是个

希望得到幸福

希望远离痛苦的人儿啊

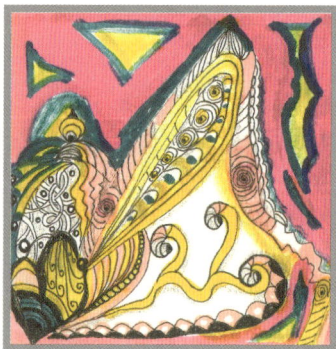

父亲　沉默如山

您未曾表达过爱我

我也从未提及爱您

是的　我接受您就是我的父亲

连带为之将付的一切代价

那些漆黑的暗夜啊
心　锁在浓雾中
情　荡在汹涌里

起伏跌宕
奔腾不息
漩涡密布

遇见的每个人
都被当成救命稻草
越抓取　越绝望
越索取　越逃离

终于　我遇见您

您点燃一盏灯
照亮　我的千年暗室
我遇见了自己
遇见了心

山谷江海啊
殊胜因缘

离苦　得乐

感恩您

每一段刻在记忆里的情伤

那些脆弱易感的瞬间
那些不确定的承诺
那些不近人情的残忍
那些被伤害的无辜

手起刀落处　都是绝望
唇枪舌剑中　都是抓取
声嘶力竭里　都是崩溃
转身而去的　全是哀伤

Fight　战

Flight　逃

Freeze　冻结

Fold　内缩

Flow　流动

人生的可爱之处在于

从本能到智慧

有选择

人生脆危
一个脑海里循环播放的想法
便可以要了一条命

人生刚强
一个朝向未来的移动
便可以拓展出新的道路

绵延不断的"意外"
都在提醒

去看见
那个被排除的人

去连接
那个被遗忘的人

去尊重
那个被视为耻辱的人

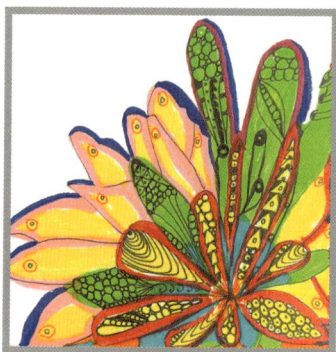

偶像

投射　妄想他替你活

榜样

你可以　像他一样活

没有爱润滑的家庭
只有干涩　疏离　冷漠
放下那些厚重的自保盔甲
战战兢兢地
开始
爱
吧

凝视
呼吸
颤抖
拥抱
抚触
交融

让情生长
让爱流动
让生命
连接

所遇皆明镜

福祸皆由心

最恶毒刻薄的语言

出现在抓狂

感觉到即将失控时

最善美的语言

诞生于身心愉悦

轻松自在时

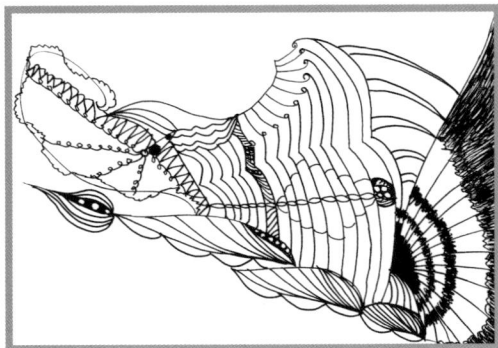

你可以

带着恐惧

蜷缩在原地

甚至

后退

也可以

带着恐惧

移动

向前

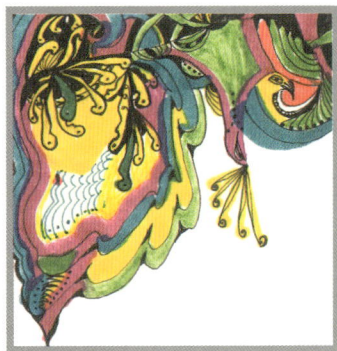

忙着往头脑里填充知识时
经常会忘了迈出脚步

抄来的鸡汤
只能蒙别人
不能对己症

就算背遍天下药方
从不服一剂药
又有何用？

实修生智慧
悟到才是得

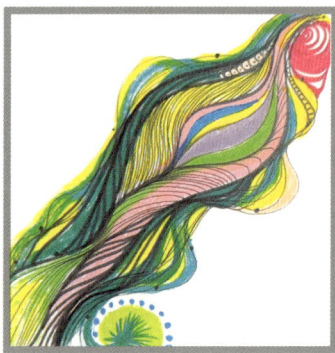

打折

是在贬低商品价值的同时

贬低了

你的价值

拉低了

你的能量

免费

只会让你因内疚

在施与受的失衡中

越滑越远

在不会付出的漩涡里

越沉越深

你是要对？

还是要配？

剑拔弩张的相处

无非是要证明自己"正确"

站到对方位置

当你我相遇

我不会陪你演戏

也不会给你灌药

我只会

陪着你

睹见真相

归于本来

关系——照见自心的镜子

有些人
可以一起往前
志同道合
互相滋养
支持　陪伴

有些人
走着走着就丢了
业风迅猛
因缘所至
感恩　祝福

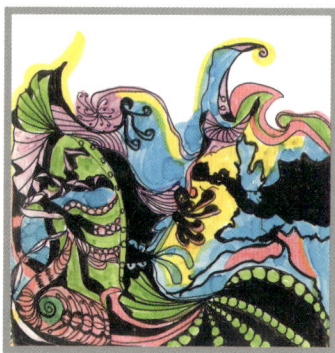

开始怀旧时

请你觉知

接受当下状态吗？

.

疗愈

不是撬开案主防御大门

而是

等待、陪伴、支持

与他身心同步共振

对方外遇时

不妨反省

你是如何把他成功推开的？

当我们太想要时

就错过了当下

当我们追逐权威时

便错过了自己

不是宿命

也不是改不了

只是　还不够痛

只是　还能　得过且过

和谐的关系

可以滋养你

心安宁

气至柔

怨怼的关系

只会折磨你

怨有毒

恨有火

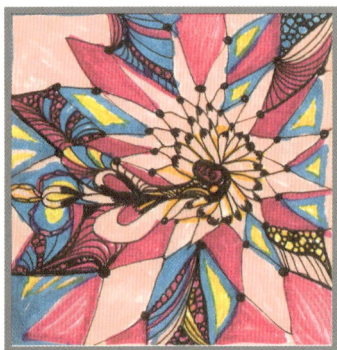

疾病

不是
求别人关注的方式

而是
与身心连接的道路

凡急功近利者

往往收获最小

执着之爱是轮回之始

恨与爱常相伴而行

爱之深

恨之切

重获关系里的自由

唯有化爱执为慈悲

愿人间有爱

愿苦海干枯

愿众生皆乐

愿烦恼消遁

成为自己　成为爱

归于本来

本自具足

何假外求？

此时此刻

请对脑海里闪过的那个人

说

谢谢

水清明月见

定中智慧显

烦躁不安时

正是修心处

无常乃常

一切　都是

刚刚好

不自欺

不欺人

不被人欺

看见男人这个词时

你看见的是

男？

或是

人？

还是

男人？

看见女人这个词时

你看见的是

女?

或是

人?

还是

女人?

除掉你的所有身份标签

你是谁？

真理遍一切处

不会被宗派、团体私有

那些颠沛流离的痛啊

那些无处安歇的丧

那些声嘶力竭的喊叫

那些痛彻心扉的号啕

那些被人爱着的确认键

却始终

得

由　自己

按下

血肉之躯终将消散

为何不把

心　炼得强壮

践行一寸

胜过空谈千句

移动

即改变

愿赌服输

为当下的选择

负全责

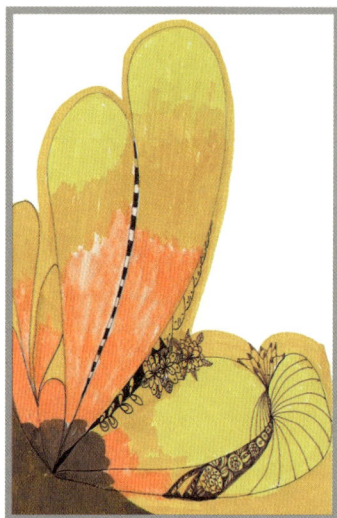

缘来
欢迎

缘去
祝福

不粘
不斥

松弛
从容

祝福他吧

既然今生相遇一场

是怨是恩

都可随祝福升华

名缰

利锁

权牢

情关

你自由了吗？

缘起有

毕竟空

真空妙有

欢喜自在

情绪

很真切

可它

不真实

好

不好

都好

都是必经

知道皆二元

觉知即合一

知而不守

任运自在

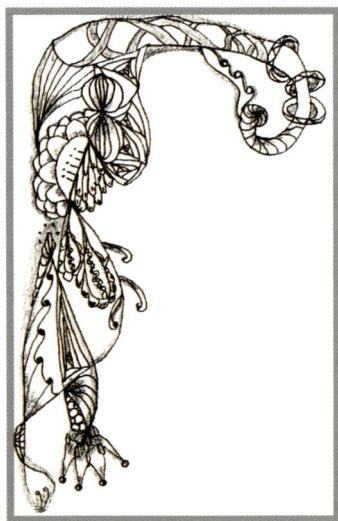

童年创伤显现时

不压抑

不逃避

不耽溺

不对治

听见

内在孩童的真实需求与渴望

真正的快乐不需要理由

真正的爱不需要条件

接受不能改变的

改变能够改变的

没有智慧的努力

只会

增加烦恼

事倍功半

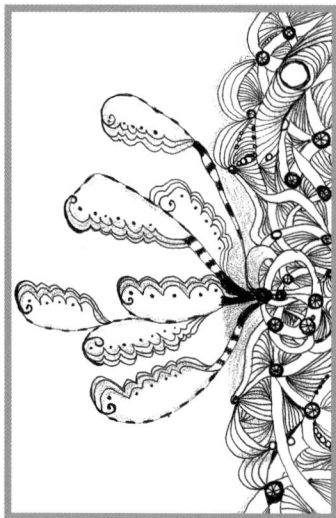

当你可以承认"我可能错了"

心的格局便扩大了

直面恐惧

勇敢朝向它移动

才是与恐惧和解的好办法

何事惊慌?

你什么也不会错过

我同意

便一切太平

工作

可能是服务生命的道途

金钱
与爱同行

尊重母亲

便拥有一切

过去已去

未来未来

你拥有的只有

鲜活的当下

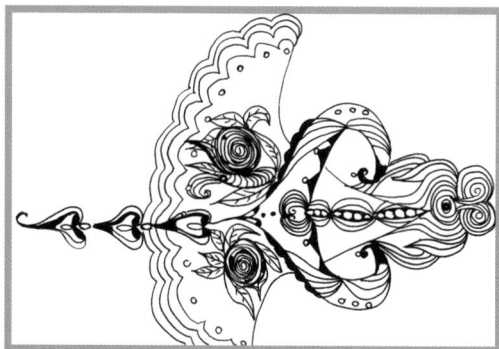

每个愤怒的防御盔甲后

都有一声柔软的呼唤

请用你的心

看见我

心僵固

身体淤堵

心流动

身体柔软

身体是心的发言人

你追求的

来自大脑？

来自心？

世界上最远的距离

从脑到心

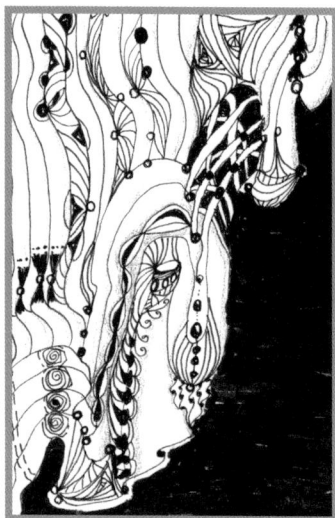

除了生老病死之苦

其余再不用

擅自加戏

苦上加苦

十字路口

你的心是导航

量子叠加态

按下的每个确认键

就是

命运

别人的评判

与你无关

他人投射给你的期待

属于他人

带着尊重

交还

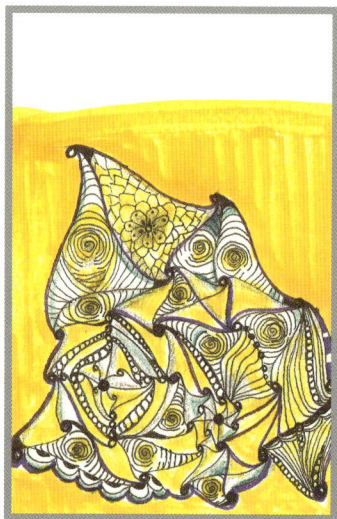

要完美

还是

真实？

每个局限里

都充满活力

与

生机

虚伪面具后

是

一戳就倒的

纸老虎

看上去很美

的招牌后　是

被锁在地下室的

内在孩童

每段关系

经过

有　繁花盛放

也有　秋风落叶

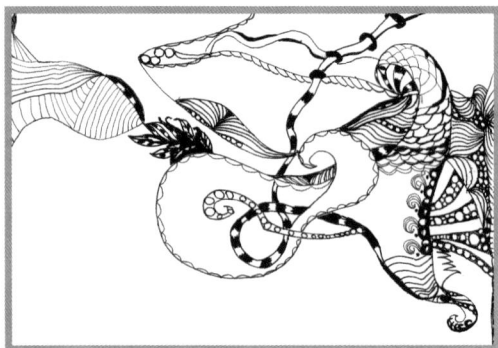

随喜

是疗愈嫉妒的良药

每个人都是

自己命运的主人

无人可替代

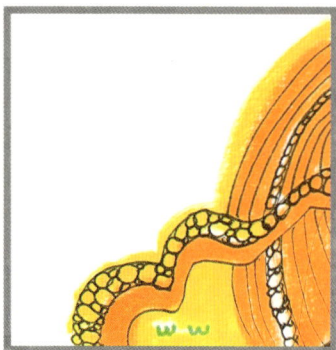

淤泥加持

莲花静美

活出光

照亮经过的人

本自具足

何需自证?

总见他人之过

在于

自心不圆满

成功的前提是

真正放过自己

身份
都是临时的

心性
才是本来

对方总是

镜子

关系皆为

成长

双人舞里

可以有

独舞

集体舞里

可以有

单人舞

天赋才华

是你

奉献给世界

爱的华章

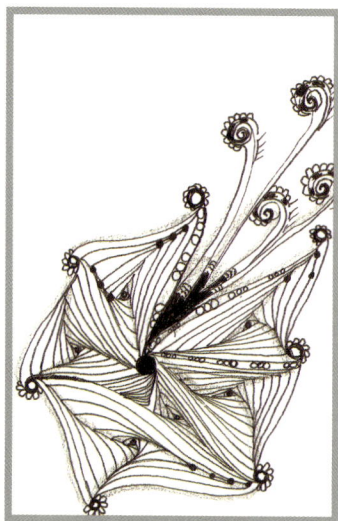

对伤害过你的人说

愿你离苦

愿你喜乐

你的慈心

瞬间

遍布世界

每段相遇
都并非偶然

欢喜
感恩

每次离别
都没有意外

欣然
祝福

每个侧面

都是

整体的

一部分

阴中有阳

阳中有阴

静极生动

动极生静

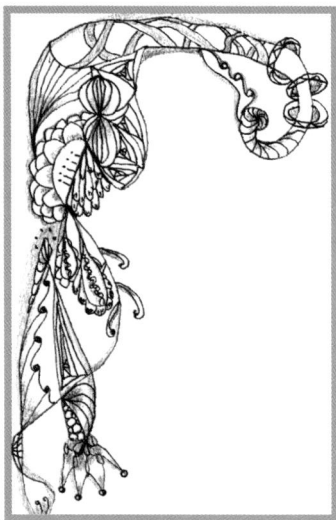

感觉真实

并不一定是

真相

暂停

静待

浑水清澈

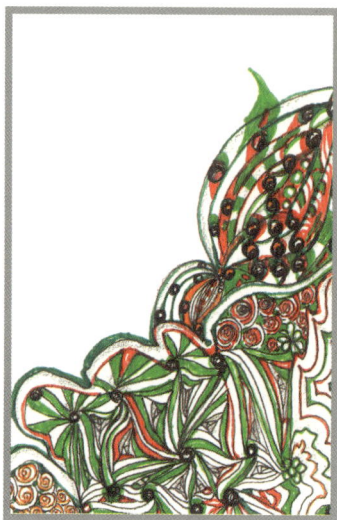

当你看见乌云

你便在

乌云之外了

回到澄澈无染的

无垠晴空

允许

乌云

生起　停留　消失

以它自己的节奏

每一声

都是当下

最恰当的

那一声

希望与恐惧

是

套在人们心上的枷锁

能解救自己的

只能是

自己

尊重平等

施受平衡

是关系和谐的法宝

智慧之爱里

每个人都能全然自由地

活出自己热爱的样子

最值得庆祝的是

终于

与真实的自己

重逢

没有什么比生命更珍贵

野蛮生长

如花绽放

果实香甜

化作春泥

更护花

每个漆黑的黎明

都在预告

光明　正在　到达

纠缠于世间万物

不如

归于

道

狂心顿歇

歇即菩提

留白处

便有本觉

.

校对：杨雨薇
设计：唐志强